AF240199

CATALOGUE

DE

TABLEAUX

ET

DESSINS MODERNES

DONT LA VENTE AURA LIEU

HOTEL DES COMMISSAIRES-PRISEURS, RUE DROUOT, 5,

salle n° 1, au premier étage,

Le Mardi 19 Février 1856, à deux heures.

Par le ministère de M° **CHARLES PILLET**, Commre-Priseur,
rue de Choiseul, 11,

Successeur de M. **BONNEFONS DE LAVIALLE**,

Assisté de M. **WEYL**, Expert, rue Laffitte, 16,

chez lesquels se distribue ce catalogue.

EXPOSITION PUBLIQUE

Le Lundi 18 Février 1856, de midi à cinq heures.

PARIS

MAULDE & RENOU

IMPRIMEURS DE LA COMPAGNIE DES COMMISSAIRES PRISEURS,
rue de Rivoli, 144.

—

1856

CONDITIONS DE LA VENTE.

Elle sera faite au comptant.

Les acquéreurs paieront, en sus des adjudications, 5 centimes par franc, applicables aux frais.

TABLEAUX

DECAMPS

10 — Nature morte.

DU MÊME

11 — Paysage d'Orient. ... Esquisse.

DE DREUX (ALFRED)

12 — Cheval et Jockey.

MÊME

13 — Amazone.

DU MÊME

14 — Amazone.

DE DREUX (ALFRED).

15 — Le petit Coureur.

DU MÊME

16 — Amazone.

DU MÊME

17 — Amazone.

DU MÊME

18 — La Promenade.

DU MÊME

19 — Amazone.

DELACROIX (EUGÈNE)

20 — Chasse aux tigres.

DESHAYES

21 — Paysage.

DEVEDEUX

22 — Sujet oriental.

ESBRAT

23 — Le Gué.

DU MÊME

24 — Vaches au pâturage.

FAUVELET

25 — La Conversation.

FICHET

26 — Un Diner sous la régence.

FLERS

27 — Paysage.

FORT (THÉODORE)

28 — Charge de cavalerie.

DU MÊME

29 —   Dito.   Pendant.

FRÈRE (ÉDOUARD)

30 — Les Laveuses.

FRÈRE (THÉODORE)

31 — Laveurs turcs.

GABÉ

32 — Marine.

DU MÊME

33 — Causeries.

DU MÊME

34 — Enfant revenant de la mer.

GABÉ

35 — La Jalousie.

DU MÊME

36 — La Récréation.

DU MÊME

37 — Chariot renversé.

DU MÊME

38 — Le Goûter.

GUILLEMAIN

39 — L'École des Frères.

JACQUAND

40 — Le Buveur.

JOBÉ DUVAL

41 — Bouquet de Fleurs.

JOHANNOT (TONY).

42 — Le Lion.

LAFON

43 — Le Miroir.

LECOINTE

44 — Paysage.

MARILHAT

45 — Paysage d'Auvergne.

NOTTERMAN

46 — Des Chiens.

PALIZZI

47 — Troupeau de Bœufs.

PEZOUT

48 — Le Garde-Champêtre.

DU MÊME

49 — La Fraternité.

PEZOUT

50 — La Partie sur l'herbe.

PICHAT (OLIVIER)

51 — Cheval au repos.

PICOU

52 — La Délivrance des Petits Prisonniers.

DU MÊME

53 — La Leçon de Botanique.

DU MÊME

54 — Rêve d'Amour.

PICOU

55 — Les Cerises.

DU MÊME

56 — La Pêche aux Nénuphars.

PLASSAN

57 — La Toilette.

DU MÊME

58 — La petite Brodeuse.

ROUSSEAU (PHILIPPE)

59 — Bouquet de Fleurs.

ROUSSEAU (THÉODORE)

60 — Un Coteau cultivé, Plaine de Barbison.

(Exposition des Beaux-Arts, n. 3939).

DU MÊME

61 — Les Bords de l'Oise.

SALMON

62 — La Gardeuse de Porcs.

SCHEFFER (ARY)

63 — Le Grand'Père.   Esquisse.

SEIGEURGENS

64 — Le Marquis.

SIEURIAC

DU MÊME

DU MÊME

DU MÊME

DU MÊME

STALF

70 — Femme turque.

TASSAERT

71 — La Grappe de raisin.

TROYON

72 — Le Passage du Gué.

DU MÊME

73 — Les Vaches au repos.

DU MÊME

74 — Le Retour à la Ferme.

VERNET (HORACE)

75 — Attaque de la Porte de Constantine ; Lieute-
nant-Colonel Lamoricière, 13 octobre 1837.

(Exposition universelle des Beaux-Arts de 1855, n. 4150).

WATTIER

76 — Les deux Rivales.

PASTELS

DECAMPS

77 — Le Philosophe.

TROYON

78 — Le Moulin.

DESSINS

DECAMPS

79 — Paysage.

DU MÊME

80 — Le Chasseur.

SIEURIAC

81 — Une Baigneuse lutinée par les Amours.

DU MÊME

82 — Site pittoresque.

83 — Sous ce numéro les Tableaux omis.

Maulde et Renou, Imprimeurs de la Compagnie des Commissaires-Priseurs, rue de Rivoli, 144.

www.ingramcontent.com/pod-product-compliance
Lightning Source LLC
LaVergne TN
LVHW021449060726
842527LV00006B/2143